詩集　サイ

本多明

七月堂

詩集　サイ　目次

I

Ⅱ

I

あらう

さかさにしたり
うらがえしたり
もんだり
ねじったり
こすったり
たたいたり
しぼったり
つるしたり
ほしたりして
あらう
ぜんぶさらけだす

それから
太陽と風がやってくる

くすぐったり
しらんかおしたり
なれなれしかったり
からかったり
およいだり
すましたり
おどけたり
はためいたり
ときめいたりして
いる

しっている歌
ぜんぶうたいだす

ふみきり

静かなふみきり
それがどうしてとつぜん
鳴りだすのだろう

電車はそれを調べるために
今日も走っている

山のふもとから
平野のおわりまで
つぎつぎに鳴りだす
ふみきり

港の駅から
トンネルをぬけて
はんたいがわの港まで
つぎつぎに鳴りだす
ふみきり

電車はいつも
まじめに考えていました

そうして今日も
ふみきりの音は
青い空にこだましていました

石

浜辺で
海と空の
さかいめを
みていました
ねっころがって
たまにながく
目をつむってみます
すると目の中に
にじんでくるものが
あります
あふれそうなので
目をあけると

そこに浜辺の石が
ありました
石は目をつむったまま
じっとしています
ぼくも
もういっかい
目をつむって
石といっしょに
海と空の
さかいめに
ゆれていました

かばん

郊外電車の駅から
歩いて　しばらくして
かばんが話しはじめた
いつも　こうなんだ

潮風のふくあたりで
かばんは伸びをする
めざめは
いつもいい

桟橋で舟にのって
島にわたり

そこからセスナで
高い山の上を飛んだ

かばんはだまって
ぼくにしがみついていた
ふるえているんだ

風の吹きすさぶ滑走路で
ぼくはまた　いつものように
かばんをさげて歩いた
ぼくたちの街に帰ろう

この旅を
ぼくがわすれたころ
かばんはきっと話してくれる
夢のようだった

空のことを

サボテン

サボテンには足がある
てこてこ歩いている
誰かに見られたなと思ったら
ぱっと立ち止まって
足を引っこめる
じっとしていれば
べつにあやしまれない
サボテンは
そういう生き物である

いきなりそこにあっても
またとくになくても

いい生き物なのである

そして
サボテンはたまに笑うのである
誰も知らないけれど
誰にも見られたことがないけれど
こっそりと
ゆっくり
笑うのである
サボテンらしく

ヨット

その星は
ぜんぶ湖でした
お家はなくて
住むところはヨットでした
だから　風のない日は
どこにもいけません
そのかわり　風のある日は
どこにでも行けます
でもどこに行っても
ぜんぶ湖なので
つまらなかったのでした

ある日
ぜんぶ陸の星がきたので
湖と陸とを半分ずつ
とりかえっこをしました
魚と貝と鳥と虫と花と草と
そのほかいろんなものも
半分ずつ
とりかえっこをしました

そしてヨットは
やっぱり　風の中で
旅に出ていたのです
でも星は
とってもせまくなりました
やっぱり
半分ずつしなかったほうが

よかったなと思って
陸の星と
もどしっこしました

画用紙

この白い画用紙はざらざらの凸凹
やわらかい青のクレヨンで
そっとなぞると
ぬれないところができる

その凹のところが白い雲
凸が青
なんだか空とはんたいだ

ちっちゃな凹
大きな凹

曲がりくねっている凹
一色のクレヨンだけで
いつのまにか風もかけてしまう

おはなし

むかしむかし
あるところに
おじいさんと
おばあさんが
ありました

おはなしはそこで
おわってもよかった
むかしむかしというだけで
ぼくはもうねむくなっていたし
あるところにというころには
もうとろんとしていたし

おじいさんと
おばあさんが
というところでは
ねむりこけるすんぜんだったんだ
でもありましたのあとで
しばらくねてから
それからどうしたの
と　ぼくはかならず
おきてしまった
そして
すぐにまた
ねちゃったんだ

それでも
おじいさんと
おばあさんは

ねないで
あるところで
むかしむかしから
ずっとまっていてくれる
えがおのままで

馬

いま
むこうのほうで光ったでしょ
あれは馬のひかりだよ
ほら
ごらんよ
大きな生きもののこころが
目に力をためているよ

こんな夜ふけに
ふと遠くを見ていると
たまに見えることがあるんだよ

ことばを知らない
大きな生きものから
あんなふうに
あふれてくることがあるんだよ

牛の乳《ちち》屋さん

自転車にのって
牛さんがやってきます
ずいぶんと丈夫そうな自転車です
いろんな形や大きさの空きビンが
荷台に山と積んであります
牛さんが楽しそうに
ペダルをこぐので
空きビンがふれあって
にぎやかな音をたてています

今日は新しい空きビンが一つ増えました
毎日牛の乳を飲んでいるお家では

また赤ちゃんが生まれたからです
明日のために早く帰って
ビンをお乳でいっぱいにしなくちゃと
牛さんは思いました

新しい仲間が増えるたび
牛さんのお腹は新しい幸せで
満たされるようです
でもこれ以上ビンが増えたら
もう自転車には積めません
リヤカーを引いて歩かなくてはなりません
少しだけイヤだなと思いましたが
かえってその方が
自分には似合っているかなと思って
牛さんはまた自転車のペダルを
ぐいとふみこみました

荷台の空きビンは
みんな赤ちゃんのように
ポッカリと口をあけて
ガチャガチャと
お空を見ながらはずんでいます

猫

ふざけるなよ
その言葉だけ話せる猫がいる
ふざけるなよ
その言葉を話すと猫はとても落ち着いた気分になれた
その猫は
仲間の猫にふざけるなよを教えた
するとその猫の仲間は
また別の仲間の猫にふざけるなよを教えた

そうしてその別の猫の仲間もまた
もっと別の仲間の猫にふざけるなよを教えていった
「ふざけるなよ」はこうして
どこまでも際限なく広まっていったのである

鼻汁くん

人生とは
信じることだ
信じることによってこそ
喜びも感動もうまれる
涙くんなんかも
信じていてよかったなって
思うから出てくる
信じない精神からは
素晴らしい明日など
生まれようがない
鼻汁くんも
信じることによって

生まれ出てくる
鼻汁くんは
うそをつけない正直者
涙くんのように
我慢はきかない
つんとすましていても
鼻はしたたる
信じている深さがちがうのだ
たとえ
大風邪をひいて
なおかつ
ひどい花粉症であっても
そして
お行儀がすこぶる悪くても
信じている
そんな奴だ

鳥

海に雪が降って
　海に雪が積もってしまった
海に雪が積もってしまうと
　さかなが顔をだして雪を食べはじめた
海の上に風が吹きはじめると
　さかなはいつのまにかひっこんでしまった
陸の上から風は落ち葉を運んできたので
　海の上はうす茶色になった

海の上の葉っぱを見ると
　鳥が飛んできて葉っぱの上へおりた
するとつぎの瞬間
　さっきのさかなが待っていたように顔をだして
ぺろりと鳥を一口でのみこんでしまった

翠《みどり》さん

跳ぶ少女　翠さん
夏の夕に跳びます

遠くのピンクがかった空から
ブリキのバケツが気流にのってきて
翠さんにほそい水をばらまきます
だれも気づかない夕
落ちてくる水にあわせて跳ぶ
翠さんの　夏のじかん

散りばめた水といっしょに落ちると
水はたくさんの点になってみえます

翠さんの目にやってくる
星よりすてきな光のしずく

月の夜の　翠さん
遥か彼方に青い扉をみつけます
飛行機のようにゆっくりと
ぼんやり瞬きながら
水平線のうえを飛んでゆきます
だれも気づかない海
きらきら青い羽でいっぱいです

昇る少女　翠さん
夏から秋へと変わる日に
ゆらゆらゆらゆら昇ります
きりきりと水平線が冷たくなれば
澄みわたる　秋のじかん

月の中に入っていきます

白靴

がっかりして泣きたくて
もう何もかもどうでもいいと思うとき
真っ暗な頭のなかに
とつぜん浮かんでくる白靴がある

その白靴を頭の中ではくのだ
右足を入れて
左足を入れて
すると新しいぼくに生まれ変わっている

行きたかった所
やりたかった事

忘れていたことをたくさん思い出して
白靴はそれら全部をできると教えてくれる
ぼくは白靴のまま歩き出して
本当にそれら全部を経験しようとする
ただそうやっているだけでいいんだ

白靴と歩いていれば
いつかがっかりした所に帰り
前の靴にもう一度出会うことができる
ただ歩き方が少し下手になっていただけなんだ

そうやってぼくは何とか生きている

白靴を忘れていることが多いけれど
どこかをさまよっているあいつは

きっとぼくのほんとうの友達なんだ

ぼくの白靴……

ひつじ　くも

あんなに大きな雲が
ほら　あんなに小さく　たくさん
流れていくよ

じっと見ていれば
ぼくたちも
あんなに大きく
あんなに青いところを
流れていけるよ

離ればなれにならないで
いま生まれたように

さっき風をうけたように
流れていくから

そして　いつか　ぼくたちは
自分たちの大きさや
自分たちの色が　わからない

いつまで
ぼくたちだったのかも
いつからかも

あんなに大きな雲が
ほら　あんなに小さく　たくさん
流れていくよ

II

サイ

サイと二人で歩いていたときに
サイは迷っていた
僕もまた道に迷っていたけれど
うまく折り合いをつけることができたんだ

三年ほど低木地帯や草原を歩いてから
僕たちは迷うのをやめにした
サイがそう思ったときに
ちょうど僕もそう思ったからだ

きりんとごりらの長い影が一つに溶けて
らくだのような形になっている日があった

それから僕たちは僕たちにあたえられた
地平線について考えて
地平線にそうように
歩きはじめた
すると目に見えるもの
沼や
林や
いろいろな小さくなってしまった生きものたちすべてが
何かの記憶につながっていることに気がついた
不思議なことに僕とサイとの同じ記憶に……
ただそこには降りていかなかった
僕もサイも
とても高いところから
ただ見て
見てはいくつも通りすぎていった

そして
誰も
僕たちを見てはいなかった
誰も僕たちを知らなかったんだ

苦しかったのは
地平線の上で眠るときだった
得体の知れないものが自転していて
僕を苦しめた
そして
深い眠りのときにだけ
サイは遠くへ行ってしまった

でもたまに
眠りの中で
らくだのこぶの中にいる胎児になることもあった

その時ほど嬉しいことはなかった
きりんとごりらがそっとやってきて
こぶのそばで何やら囁く
僕はこのうえもなくここちよかった

眠りの果てに
気が遠くなるほど
サイから離れて
完全に離れきったときに
いつもサイと同時に目をさました

サイは目をさますと
自分の重さを愛するようにみえた
僕たちは　見つめあった
僕たちには
いつも

生まれた日だった
そうして僕たちは
地平線の上を歩きつづけた

うまく言えないけれど
横に伸びる地平線が恋しいことはなかった

幾億光年先の
地平線が二つに分かれてゆくときまで
僕たちは離れることはしない

僕たちはもうずい分前に迷うことをやめにしている

無題

きこえるでしょう
ほんとうは　時というものが
歴史のように　流れるのではなく
ましていくつにも
枝分かれしているのでもないということが

ほんとうは
　タンポポのようなものなのです

あちこち飛びまわって
　別々に　世界を生きているのです

ほんとうは　あの時も
　あの時も
そのまま　今に　時となって
ありつづけているのです

かがやく直射のなかで
ほんの何人かが　そっと
それに気がついて
ふっと
いなくなってしまったように

あの時は　今も　つづいているのです

海

海は七色
海は母
　海の母は虹ばかり

空にうかぶ水平線
それもちいさなひとかけら
うちひしがれた眼《まなこ》をあらう

あれは夢でない　夢でない
この世の名残

淡くやさしく

空に七色
それもちいさなひとかけら
今はもうながめるばかり
昔　虹は円だった
母はさびしい弧をえがく

地球外プレゼント

――地球外生命を夢見て
ドレイクの式など弄んでみたりする
無意味な失望
無意味な空しさ
数式もここまでくると文学の領域にゆだねるしかないようだ
しかし

本当に人類が地球と同じような惑星を見つけたらどうするだろうか
人類史上初めてその惑星に降りた人はどうするだろうか
そこには水平線さえ見えない紺碧の空と海があり
植物が完璧なまでに共存し
たとえば菫であれば菫のテリトリーが

たんぽぽのテリトリーのうなじをなだらかに伸びて広がり
すべての動物が常に満腹感を味わい
たとえば鯨が背泳ぎしてくつろいでいたり
渚でキリンの親子が海水浴していたり
うさぎとリスとたぬきが林の陰から並んでこちらを見ていたりする
歩き回る飛行士の後を紋白蝶が追いかけて
何羽も増え続けながら追いかけてきて
立ち止まるとワルツのように円にとりまいて
そしてそこが眠っていたゾウの背中だったりしたら
やはり人の姿を探すだろうか
野原でハンカチ落としをして遊ぶ娘たちや
川原を熊にまたがって進む少年たちを
血眼で探すだろうか
最大の敵か最良の友かを考えながら
夢でも見る心地がするだろうか
でも見つけたものが確かに最後の人の骨であり

木の下の草草に
風にそよぐ白花黄花とともに
ノスタルジアもなくただうずくまっていたとしたら　どうするだろう
それは人として生きた痕跡のない神というものかもしれない
土に埋めることもはばかられ　祈ることもはばかられ
しばし佇んだあとに

遅い昼食にするのかもしれない
草にすわり銀色の宇宙服を脱ぎ
走る緑と白のしまうまを見ながら
石ころのような固形食糧を捨て
あらゆるものを料理して食べ味わうだろう
極上の眠りも味わうだろう
地球を忘れかけるだろう
そして何物かに食べられるだろう

自然界は陸海空どこもが美しい殺戮の世界

そのあるがままのために
今度こそ　人間以外の
魚　鳥　あらゆる動物と　昆虫　植物が棲むべきだろう

果てしない緑と
青の惑星

地球外プレゼント

振り出し

魚が突然進化した
まず後ろ足が出て
そして前足が出た
ぞろぞろと陸に這い出て
海岸沿いに魚人がぎっしりだ

人間はみんな恐怖で
山に立てこもった

平野に魚人が満ちあふれたころ
山に立てこもった人間に
エラが出てきて

みんなこぞって川に飛び込んだ
足はしだいに尾になった

魚人はいつしか
話すようになり
その性器も立派になっていった

クジラ人　ヒラメ人　金魚人
サバ人　　サメ人　　マグロ人
ウナギ人　メダカ人　トビウオ人

世界は多くの魚人であふれた

あるものは猫に食われ
あるものは犬に食われ
あるものは鳥に食われ

あるものは熊に食われた
しかし
クジラ人は象を倒し
サメ人は虎を倒し
ヒラメ人はコブラを倒し
メダカ人は蟻を倒し
タコ人はコウモリを倒した

一方水の世界にかえった人間魚は
誰もがすでに魚であることを信じていた
誰もが網に掛かり
針に食らいついて
陸へ上げられた
みんな恐怖で
鱗がついた
夜も眼をあけていた

性器はどこかに消えていた

水の世界は多くの人間魚であふれた

ある人間魚は深海に逃げ
ある人間魚は湖に潜み
ある人間魚は川を上り
ある人間魚は群れをつくって泳いだ
そして
ある人間魚は水槽に
ある人間魚は乾物に
ある人間魚は缶詰に
ある人間魚はたたきにされていった

すべてを忘れるまで
すべてを振り出しに戻すまで

海はゆらゆら揺れながら
じっと待っているのだ

蟻

蟻　Ⅰ

死んでも死にきれない
というのが人間で

その意志を受け継いで
気ぜわしく数珠つなぎの
ただ受け継ぎだけの
本当は意志もない近視眼の蟻

蟻　Ⅱ

蟻の生活を飼っている
ガラスの断面から
他族の家庭を眺めるのも
悪くない
よくできたロボットのように
動き続ける蟻
虹を見る暇もない蟻

同じ屋根の下に
主人よりも働き者がいるのは
悪くない

腹がすいたので
冷蔵庫の中を物色する
生存に必要なあらゆる食物が

整然と並んでいる
ワインとゴルゴンゾーラを
蟻の生態を見つつ食す
味を引き立てるべくもない

蟻　Ⅲ

蟻に首輪をつけ
散歩と興ず
落ちつきとは無縁
蟻にとって散歩とは
まさに無意味
首輪をはずしても
気がつかないのだ

蟻　Ⅳ

ある山頂で
石に腰掛けて休んでいると
大きくて口の鋭い蟻が
脛をキリリと噛んだ

こんな所で意趣返しされるとは思わなかった
予期せぬ痛さに
驚いて

「僕は食べられませんから」
と言うと

馬鹿野郎オマエノコトハ東京ノアリニキイタ

アリノ伝達能力ハ世界一ダ　ワレワレニハオオイナル意志トオオイナル自由ガアル　ワレワレヨリモオオクノ生物ハイナイ　ワレワレヨリモ統一サレタモノモイナイ　ワレワレヨリモ家庭内努力ヲスルモノモイナイ　オマエヨリモゴウマンナ人間ハイナイ　ワタシハ死ンデモワタシハ死ナナイ　オマエハ死ンダラ生キカエラナイ　ワタシハ何億匹トイル　オマエハ此処ニシカイナイ　ワタシハアノ樹ノ上ニモ　屋久島ニモ　ホーン岬ニモ　三宝寺池ニモ　セイシェルニモ　オマエノ頭ノ中ニモイル　ソレヲワスレルナ　ワレワレハ砂漠デモ水ヲエルコトガデキル　ワレワレハビルノ屋上カラオチテモ死ナナイ　ワレワレハオマエノ所有物ノ何処ニデモハイルコトガデキル　オマエノ家ヲスベテ喰イツクスコトモデ

キル　ワレワレカラノガレルコトハ死ノ直後
カラオマエガスベテ喰イツクサレルマデアリ
エナイ　オマエノ柩ノ中マデモワレワレハイ
クノダ　ワレワレハ何処ニデモイル　ソノコ
トヲワスレルナ　オマエガ空ニニゲテモオマ
エノ服ニワレワレハカナラズカクレテイル
オマエノイウコトハ誰モシンジナイ　オマエ
ハワレワレヨリハルカニ非力ナノダ　ソノコ
トヲワスレズニイルナラバ此処ヨリシズカニ
タチサレ　タダシ何時モミラレテイルコトヲ
ワスレルナ

と言った

蟻　V

近所の子どもが花火をしている
火花で蟻を驚かしている

はじける火の粉
きらめく火の粉

僕の心を
世界中の蟻が　ミツメテイル

夢幻滝

純粋に精神的な俺達は反復とさすらいの旅人
生まれた時のままの価値で何ら擦り減らず
一切の物を所有しない
かといって無常観もなくもちろん倦怠もない
そして無数の俺達
無限の別れと無限の出会い
俺は　俺達は純粋な旅人
銀行になだれること一万余回
切符自動販売機へは一万二千余回
清涼飲料水自動販売機へは四万五千余回
コンビニの釣銭には二万六千余回
母から子への小遣いに五千余回

その他無数回俺は指でつまれた
もぐった財布ざっと四十億
ゲーセンの両替機とゲームコイン交換機の間で
二年半暮らしたこともあった
俺は秩序と公正のいつまでたっても衰えを知らない静脈流
ゲーセンを出てから手品師のもとで三ヶ月間
ひねくりまわされたこともあった
それでも俺の人相は何ら変貌しなかった
俺を俺以外には誰もできない
かかわった商取引六千兆余
缶蓋開けの梃には五十五回使われてやった
この前居酒屋の手提げ金庫の中で
神社の池に三十七年間沈んでいた奴と話をした
何処に行ったって多くの仲間にゃことかかない俺達だけど
奴はちょっと人間臭かった
奴に言わせりゃまったく世間ずれしていないそうだが

そんな奴にしたってあの正月にお賽銭箱へ行っちまった後は
どうせまたすぐ銀行さ
ヨウヨウなんて気軽に声かけあって
ジャアナマタナッて気軽にサヨナラする俺達と
何ら変わりはなくなるのさ
この世に珍しいものなんて何にも残されてないってことは
金になりゃすぐわかる
すべての金が消えりゃ
この世にも価値ある出会いと別れがもう一度始まるがね
ああ俺達から見れば俺達以外はすべて自然《ネイチャー》
そして無意味なことに俺達はまた国際的ですらある
めったなことでは異国の金と同時に使われない
国際的云々の議論はそのまま果てしない限界を語っている
俺はイギリスで財布の中を行き来するいくつもの貨幣と話をした
でも何ら記憶にとどめるべきものはなかった
すべてが俺の過去と同じだった

反復とさすらいと秩序と公正とたまに柾になって
無限に通過するだけの通貨
自慢といったら反復とさすらいと秩序と公正から
はぐれていた時間だけ
インドネシアの郵便局には
南太平洋の無人島の公衆電話の上にポツンと置かれたまま
十八年間過ごした奴がいた
漂流してやっとたどり着いた人間が助けを呼ぶ時に
俺達がなかったらどうなるのか
それを考えて硬貨を数枚重ねておくそうだ
そいつも神社の池に三十七年間沈んでいた奴と
同じようなことを言っていた
俺達は時空夢幻滝の底の底まで降りてゆく
けっして働かず
けっして死なず
けっして増えず

けっして減らず
永遠の離合集散を繰り返す
あくなき表層の
形なき形
人間の人差し指と親指の間から
今日も　す　べ　り　落　ち　て　ゆ　く
俺は平成元年生まれその前は昭和四十八年生まれその前は昭和十七年生まれ
その前は大正十三年生まれ　その前は忘れた
俺は桜咲く川岸のそばの造幣局で
何度も産声をあげ滝のようになだれ
何度も夢のような青春を過ごした
いつかまた必ずそこにもどってゆく
でもその前に
今の身体は
北海道釧路のカッちゃんの部屋で
透明ガラスのブタの貯金箱に入っていたことを胸にとどめておきたい

カッちゃんが唯物論者だった三つの時から七つまで
俺はブタという鉱物になっていた
あの有機的な四年間
あのブタの四年間
カッちゃんの四年間
そしてある日
俺は俺のカッちゃんがブタの俺を石に叩きつけるのを見た
粉々のガラスに砕かれた　カッちゃん
俺達の手足になった　カッちゃん
そっと俺をつまんだ　人間のカッちゃん
……そんな記憶も
俺が俺である限り
遠い
夢幻滝

幽霊麺

人間はありもしないことを何気なく想像して
そのことに夢中になってしまうようなことがある
ある秋の日　がらがらの郊外電車の中で見たものも
無気力と失望にさいなまれていた俺が
勝手に考え出したものかもしれない
電車に揺られながら読みもしない文庫本を開いていたとき
ページの片隅に陽が当たり小さな虹が出た
退屈なまま俺はずっとそれを見ていた
活字の上に小さな虹はなかなか消えなかった
トンネルに入ってもかえって色が濃くなったくらいだった
文庫本をずらして好きな言葉を染めてみたり
虹の所でページをパラパラめくって色と遊んでみたりした

子どもに戻ったみたいな気持ちがした
そんなことが妙に悲しくもあったけれど
その虹が一緒に楽しんでいるように思えた
泣きたいくらい人の世に失望していた時だから
自分を少しでも救ってくれるものがあるのなら
錯覚であろうと幻覚であろうと何でもよかったのだ
しかし虹はそっと触れようとした俺の指から逃げた……
……ように感じた……生き物が避けるようだったから
何だか幽霊みたいな奴だなと思った

はたしてあの日は何処へ行く日だったのか
なかなか思い出せない
消えた幽霊はもう来なかった
文庫本も何処かに失くしてしまった

しかしそれから数か月たった寒い夕方のこと

とあるラーメン屋に入って又めぐり合ったのだ
俺は相変わらず無気力なまま生きていた
失望にも慣れ　世間の世知辛さにも慣れていた
希望をもたないわけではなかったけれど
無邪気な期待は何に対しても持たないようになっていた
気づけば世間の人はみんなそうやって生きていると
遅まきながら気がついてもいた
腰抜けの自分をかばうように
無関心を身に着けてカウンターの丸椅子に座っていた
食欲もたいしてなかったけれど　その日は
ワンタンメンなら食べられるような妙な気がしていた
だから麺をゆでたり汁をこしらえたりするのを
とても楽しそうなこととして眺められた
こういう商売っていいな
湯気に囲まれて
お客さんはお腹すいていて

満腹になったら帰って行く
こういう商売っていいな
何だか食欲がわいてくるような懐かしい気分がした
風が吹いているのだろうか
たっぷりの湯気が店内に霧のように流れている
店はしだいにがらがらになっていった
誰もお客は入ってこない

ハイ　お待ちどおさま
どんぶりが目の前に置かれた
しかし俺はすぐに食べられなかった
どんぶりの中でワンタンが泳ぐのを俺は見てしまったのだ
それはラーメンの汁の中でまるで生き物のように
どんぶりの淵を流れていた
俺はハッとした
それはまさしく

あの日の　あの電車の中の　あの文庫本の虹だった
ワンタンのヒレをまとい湯の中でたわむれる
白い虹の美しい幽霊だった
あんなに待っていたのについに現れなかったあいつだ
こんなにあっさりとラーメンの汁の中に見つけてしまった

泣けてくるほど美味いワンタンメンを
俺はお前だけを残して食った　そして
残りの汁の中でとろけるような幽霊を見ていた
雨上がりでもなく　陽も差していない店の中の
俺のワンタンメンに
あいつは泳ぎに来てくれた
遊びに来てくれた

あなたは今
俺の右手のレンゲの上でお休みになっている

俺はあなたをしげしげと見つめている
湯の中のあなた
湯を楽しむあなた

人生はどう生きたっていいんだ
レンゲの中で幽霊が少しうなずいた気がする
さあのめわたしを
のみなさいわたしを
そう言っている
俺はのんだ
ふるえながらのんだ

そうして幽霊はきれいに消えた

この世はきっとワンタンメンなのだ
がらがらの電車とか

がらがらのラーメン屋とか
すてきなものはいっぱいある
俺はもっと楽しむように生きなければならない
もっともっと楽しむのだ

誰に何と言われようと
俺には虹が見えるんだから

ピンクのうさぎ

呑んでよ

そんでピンク
オレンジ
アカとかどんどんへってく
いつもうさぎかいてんだ
ピンクのうさぎ
アカのネコとか
ぜんぜんあきねぇんだ
でもよ
そんじゃクロとか
コゲ茶とかしか残らなくて

オレ気にしてんだ
新しいクレヨン買ってやんねぇんだ
ある年なりゃ
きらいなもんだって好きになってく
小せぇうちはせめて
好きなもんばっかしでうめてやりてぇたぁ思うけど
でも買ってやんねぇんだよ
だってよ
そんなもんばっかり残っていくんでよ
クレヨン買ってやるたんびに
きらいな色ばっかしたまっていくんでよ
奈々子に
好きなもん全部使いはたして
きらいなもんばっかし残ってて
もしそれがきらいなままで

呑んでよ
オレこんなイキなバーであんたみたいな人と
呑むのはじめてでうまく言えねぇけど
あんたに
ひとつだけ
聞きてぇことあんだ
あんたの国にゃ
あんたみたいな
ピンクのうさぎや
オレンジのうさぎしか
いねぇのかい
オレそれ知りてぇんだ
あんたの世界に
クロくて
コゲ茶ってて
にごってるもんは

ないんかの

ついにピンクも
オレンジも
アカもなくなっちまったんだよ
そして奈々子に
やっぱしオレ
新しいクレヨン買ってやったんだよ

あんたをかけるようにね

酒場者

ぐっでんぐっでんに酔ってる
ちっちゃな黄土色の丸椅子に
全身でかぶりついて
その汁まで吸っちまった
倒れかかりながら
髭ヅラの札を投げ出して
丸椅子の足もとの
しみと埃まで突入だ
さよなら勘定
さよなら昨日までの友情
もうツラも見たくネェ
絶交だ

だけど
今しがたのダイビングで見た
隣の席の紺のコートと
いぶし銀に光るあのゴミバケツとの間の
気の遠くなるような距離はなんだ
クソウ成人式の日はもっと希望があった
地中と空中が交じり合って
氷あずきみたいになってく
あのゴミバケツまで
力泳していこう
月になれ頭
星になれダイアモンド
俺の不自由型を見ろ
頭の半分は後ろ向きみたいで
今夜は半月か三日月か満月かわからない
あの光るものは何だ

あれは電燈だ
わかったあれは電燈だ
なんだ電燈か
人間ぽいよ
悲しくなっちまう
と黄土色の丸椅子が
両足に巻きついたヘビだ
ナニクソ一生懸命に生きるんだ
ここで負けてたまるか
アスファルトは歴史年表だ
光陰矢の如し
ゴミバケツまであと二十センチと三十四歳
懸命に生きろ
氷あずきに満月とヘビ
そのどれか一端を握った
とそこへ紺のコートが化けて出た

シンクロの手を出している
助けるな
俺は一人でいい
今だあと三センチ
今夜は一人で十分だ
もうすこしだ
とゴミバケツのアジの頭に迎えられて
白い瞳
つっぱった顔
お前もシンクロか
出がらし茶のグリーンが盛り上がって
なだらかな曲線の麓の
チクワのしっぽ
ヤキトリの串骨
泣かせる
もう一度海へ帰れ

みそタレつけて海へ帰れチクショウ
バタフライのゲロを
アジが呑んで
冴え渡る月
こんにちはハレーのいない夜
こんばんは電信柱
電球から飛び散った星で
光る屋台のステージ
仰向けに横になると
ああ俺の勘定が
まだそのまま万国旗みたいだ
なんてやさしい人達なんだろう
あれであと一杯は呑めるかもしれない
と紺のコートに抱きしめられて
無事生還丸椅子の上
おじさんチュウの熱いのコップでちょうだい

もうやめな
前勘定にするから
もう帰んな
前勘定にさせてよ
紺のコートとデュエットで一杯やるから
しゃあない
アツイデュエット入れて
二千五百と六十円
と土産のバケツ八百万円
アイヨアリガト恩に着る
俺たった今から心入れ替えて
正しく呑む
正しく呑んで
正しく泣いちゃう
ねえ
コートさん

この一杯のために明日があるんだから
ねえ
俺たち
一生酒場もんだもんなあ

夕暮どんぶり

文鎮は歩いて行った
文鎮の生きていた場所から
歩いて行った
懐の定期券を見ても
すぐに思い出せない場所へ
権利をやられ
義務をやられ
我をやられ
血の滲む包帯でまいた愚直までやられ
文鎮の体はただ単に重く
ホームの端から電車の中へ
文鎮はずり込ませるように入って行った

鎖につながれた男たちが待っていた
煙色の男
マネキンの男
目をむく男
ムンクの男
魂臓のない男
鎖につながれた女たちもいた
世界にふられ
社会にふられ
明日にふられ
いつしか鎖につながれた男たちを
憎んで憎んで肉膿んでいた女たちも
凍った境遇の中で待っていた
文鎮は先祖の栄光さえ思い出せない
車両墓地が止まり
かすかに見なれたホームで

文鎮は降りた
すでに母国の土も紙もなかった
文鎮は夕暮どんぶりが食いたかった
駅舎の中のコンビニエンスへ
文鎮は歩いて行った
文鎮よりも重いものは何もなかった
数々のインスタント食品から
文鎮は一つの冷凍切符を手に取った
レジで肉膜炎の女に
個人生涯購買記録カードを投げた
女はカードをセットし
文鎮に投げ返した
そして次の寝台車へと
文鎮は歩いて行った
しかし寝台の前へ来ると
結局何も食べる気になれず

文鎮はそのまま横になった
公転のカーブはゆるく
自転のカーブはきつい
文鎮はうまく寝られない
事務机の上のほうが
よく眠れると思った
窓を開けた
とてつもない速さで
時間は過ぎ去っていく
月明かりの光も速く
星明りの光も速かった
文鎮は公転も自転も拒んだ
この母国の為に
するべきことはもうないと思った
文鎮は
静かに引力をほどいた

光の速さの中に
身を投じるため
世界心理をやり過ごした
文鎮は文鎮に生まれる前は
瓦礫だったことを
その前はレールだったことを
微かに思い出した
そして地球から離れた
鎖男も
肉朧み女も
回りながら去って行った
寝台列車も
文鎮の布団の抜け殻のまま
回りながら去って行った
文鎮にはもう重さがない
地球が丸ごと去って

文鎮の記憶がうすらぎ
太陽がにわかに見えてくると
握っていた冷凍切符は
文鎮にとって
最後の
夕暮どんぶりになっていった

幻影　――喫茶店　穂高――

無為の背に
無防備な君の明日があった
それは今　過去を見つめる
僕の背の幻影に似ているだろう
君はためらいがちに　いつも
さみしい笑みをこぼしていた
君の生き方自身にこぼす
虚無的なその笑みに
僕は遥かな暗い幻影を見たのだ
駅舎を見下ろす窓辺の
青い風とつたの葉にゆれる
水彩画のようなときもあったけれど

遠く　君のさがすべきものと
僕の考えてゆくこととの
二つの道程に　はたして
無言の思慕は交差しただろうか
おこるべく喪失は
どれほど過酷であっても
静かでささやかだった僕たちの
無為のときは
この日差しの中に
ひんやりとした影となって　また
去った者を呼びかえすだろう
ちっぽけな悲しみさえ
捨てられぬ君よ
そんなあたたかな首のかたむきで
歩く街路はあるか
心はさまよい消えるためにあったと

もう思うしかない　それでも
瞳のきれいな君の幻影に
今でも
僕の幻影は映るか
君よ

ひぐらし

池のふちの木道を歩いている
すぐ横は急斜面の林だ
池の上にも枝は伸びて
蜩がさかんに鳴いている

死んだ友を想っていた
「ひぐらし」という小説を
彼から受け取ったのは
知り合ったばかりの頃だ
互いに二十歳そこそこで
偶然にも主人公は私と同じ名前
その幼な子は死の病で寝込み

蜩の声を聴いていた
そんなことを思い出していると
ふと辺りに不思議な感覚があって
思わず立ち止まった
——何だろう

鳰が水面にいたのかもしれない
小魚を追って潜ったのか

生き物のいない水面を見つめた
いわれのない不在感
しばらくして
鳰が浮かび
蜩もまた鳴きはじめた
そのとき急に思った
——もう一度彼に会う方法があるのではないか

鳰が水中に潜る刹那
世界はどう映るのか
そんなふうに
雲間から彼が顔を出すような
奇跡は起こらないか

しかし空に波紋は広がらない
蜩がどんなに鳴いても

ペンダント

肉体とか物体の反対語は精神
それでは肉の反対語は何か
正しく答えられる人はまれだ
骨ではない
霊が正解らしい
霊はたましいと読むこともできる
火葬場で肉を焼いて　煙を大気にただよわせ
神社や寺で霊を慰め　祀る
霊は仏になる
あくまで言葉上のことかもしれないが
残った骨とは何か
釈迦の骨と言われるものが世界に散らばっている

全て集めると大きな象二頭ほどになるらしい

僕は初恋の人に
魚の骨の形をしたペンダントをもらったことがある
僕は高校生で
相手はだいぶ年上の社会人だった
恋が苦しくて
ある夏　そのペンダントを　海になげた
あれは遠くの島だった
僕はペンダントを海になげたからといって
どうにもならないという気持ちと戦っていた

それから五十年以上たった
初恋の人は僕に何よりも素晴らしい物を贈ってくれた
骨とはカルシウムだ
永く生きる恋の成分だ

僕は初恋を海になげたつもりで
それはそれで青春だったかもしれない
骨のペンダントは
強く握ってなげられても
火葬場の煙も肉も霊も慰めもなかったからか
まだ手のひらに残っている
うっすらと

檜洞丸

もう自分の年を数えることにも飽きた
眠い目をこすって丹沢の檜洞丸に来た
喘ぐような急登の連続だ
この山道は何を語るのか
汗が落ちて土に滲む
「山道は数々の歩行心理に支えられている精神の文化である」
先日読んだ田淵行男の「黄色いテント」を思い出す
戦いのような急登が続く
休んでも休んでもすぐ疲れが押しよせる
ここにはへばりつくものばかりだ
土くれに岩が
岩に根が

根が土くれにへばり付いている
その中の狭い急登の道
疲れれば疲れるほど愛撫したくなる
ここには全身で転げ回りたいほどの
肌ざわりがある

木々の開けた景観に富士は見えなかった
あるのはこの歩行のみだ
山靴の音が体内に木霊《こだま》する
木々のかしこでうつむく葉のかしこで
かみ砕くような音がする
だんだん自分が頂上で待っているように
思われてならなかったあのとき

ひとところゆるやかな道が続いている
その辺りだけ雨に濡れた所があった

水草のような草が生え
静かな世界が自分を迎えた
木の下に腰を掛けた
至上のひととき
大きな枯葉が誰にも踏まれずに幾枚も落ちている
紅茶を飲んでビスケットを食べた
誰かがここにいるような気がする
自分の年齢が嬉しくなる
そうだ今日は朝から誰とも話をしていない
天上から落ちてくる一つ一つの水滴に
緑の苔が見える
ここは檜洞丸

山道はまだまだつづく
――もうすぐそこら辺りにつつじが見えるはずだ
むき出しになっている木の根と握手したとき

そんな声がした

どんぐりの道

明日も晴れたら散歩に行こう
のどかな陽あたりをえらんで歩こう
遠い日の手紙にあるように
ゆっくりゆっくり歩こう

これが生きていることだと
これがあの日の告白の姿だと思いながら
道みちの木の実をつまんで
落としてあげよう

どこを見ても旅の人はいない
だから颪もおだやかで

池の水も空の雲も
むやみにうつろうことはない

この前どんぐりの道で
何度もしゃがみこんだ　あそこは
今夜もきっと
月が照らしているだろう

あとがき

おうい雲よ
ゆうゆうと
馬鹿にのんきさうぢやないか
どこまでゆくんだ
ずつと磐城平の方までゆくんか

山村暮鳥のこの雲の詩を知ったのは、たぶん小学生の頃だったと思う。そして、中学生のとき、その詩の作者が空に浮かんでいる雲に話しかけていることに気づいた。その瞬間に、僕は生まれかわった気がする。なぜなら、自分の上に広がる空と雲と自分が広い世界の中でつながったと本当に思ったからだ。もともと起きているのに、夢から覚めて、自分のいる世界に今さらのように気づくという経験は、僕を永らく茫然と生きさせる力に満ちていた。

その時から詩を書いたわけではない。ただ、雲だけではなく、石や木や風や馬や身の回りのいろんな物に話しかけることができると思い、それが高じて相手からも話されるようにだんだんなっていった。

自分が人から変人だと思われていることに気づいたのは、二十歳をだいぶ過ぎてからだった。今思えば、そのことによく気がついたなと思う。生活に茫然力のほか深刻さも加わって、それも楽しいといえば楽しかったかもしれない。しかし、現在まで安定した仕事につくことは結局できなかったから、苦労をかけた家族には黙って頭を下げるしかない。

高校生のとき、亡き母と銀座を歩いていて、道に莫蓙を敷いて座って一冊五十円の詩集を売っている人に出会ったことがある。立ち止まって見ていると、先を歩いていた母は戻ってきて財布を開けお金を出してくれた。うれしそうだった。思いかえすに、そのとき僕は何か大きなものに救われたような気がしていた。それは何なのか今もって分からないが、僕はそこでも詩にめぐり合っていたと思うのだ。

今回の詩集『サイ』は第一詩集とはだいぶ雰囲気の違うものになった。高校の終わりか、大学生になったばかりの十代の頃の詩が二篇入っている。それから二十代を過ぎて今年七十代になるまでの詩がまんべんなく入っている。僕は馬鹿にのんきに生きてきたのだろうか。このまま、どこまでゆけるのだろうか、雲と一緒に考えてみたくなっている。

令和六年（２０２４年）初秋

著者　本多明（ほんだあきら）
1954年　東京生まれ

著書　2006年　詩集「虹ボートの氷砂糖」（花神社）
2007年　小説「幸子の庭」（小峰書店）第5回日本児童文学者協会・長編児童文学新人賞　厚生労働省社会保障審議会推薦児童福祉文化財　第55回産経児童出版文化賞産経新聞社賞　第41回日本児童文学者協会新人賞　第26回新美南吉児童文学賞

詩集 サイ
2024年10月19日　発行

著　者　本多　明
発行者　後藤　聖子
発行所　七月堂
〒154-0021　東京都世田谷区豪徳寺1-2-7
電話　03-6804-4788
ＦＡＸ　03-6804-4787

印刷所　タイヨー美術印刷
製本所　あいずみ製本

ISBN978-4-87944-585-8 C0092 Printed in Japan